Sam
et Ju
J'adore

Étranges bobos chez les animaux

Texte
Sandra Lebrun
Loïc Audrain

Illustrations
Thérèse Bonté

hachette
ÉDUCATION

Maquette de couverture : Mélissa Chalot
Réalisation de la couverture : Sylvie Fécamp
Maquette intérieure : Mélissa Chalot
Réalisation de l'intérieur : Audrey Izern
Relecture ortho-typo : Jean-Pierre Leblan
Édition : Laurence Lesbre

ISBN : 978-2-01-708075-6

58 rue Jean Bleuzen, CS 70007, 92178 Vanves Cedex.
www.hachette-education.com

Une histoire insolite !

Les personnages de l'histoire

SAMI ET JULIE

Sami et Julie et leur chien Tobi, c'est une grande histoire d'amitié. Mais Tobi semble un peu patraque...

TOM ET LÉNA

Tom et Léna, les meilleurs amis de Sami et Julie, ont un poisson de compagnie qui s'appelle Bubulle. Mais Bubulle ne veut plus de ses granules...

BASILE

Minus, le hamster de Basile, a peut-être attrapé un virus... À moins que ce ne soit ses sinus ?

LOUIS

Louis a une passion pour son chat, Malo. Mais Malo semble avoir un étrange bobo…

Mais que se passe-t-il ?

Lundi matin. Les vacances de Pâques sont finies...
C'est la rentrée !
Vous êtes prêts ?
C'est l'heure de partir.

Attends! Je dis au revoir à Tobi.
Il n'a pas l'air en forme.
TOBI

À ce soir Tobi!

Bonjour les enfants! Avez-vous passé de bonnes vacances?
PÂQUES
OUI!
Que se passe-t-il, Sami? Tu sembles contrarié.

Je crois que mon chien est malade. Il n'a rien mangé ce matin.

Mon poisson Bubulle, c'est pareil. Il n'a pas touché à ses granules !

Moi c'est mon lapin Turalo qui ne va pas bien.
Et moi, mon chat Malo.
Pareil pour mon hamster Minus !

Mon Titi, lui, ne chante plus depuis trois jours…

Ma tortue, Ninja, elle aussi est malade...
Mais ma maman est vétérinaire : elle va la guérir !

Ça alors ! Comme c'est étrange ! Tous les animaux sont malades...
Il faut les amener chez la maman de Noé : madame Delatortue pourra les soigner...

Julie! Tous les animaux de ma classe sont malades. Bizarre, non?
Je dirai même plus : c'est étrange!
C'est peut-être à cause de la pleine Lune? Mon grand-père dit toujours que c'est à cause de la pleine Lune.

Mon papi dit qu'il est malade à cause des pollens.
Un jour, Tobi a eu un virus !
Réfléchissons !
Nous sommes tous dans la même école... donc...
...il y a donc un microbe à l'école ! Trop fass' !

Le soir même, à l'heure du dîner...
Nous avons découvert pourquoi Tobi est tombé malade !
Élémentaire, ma chère Julie, c'est à cause d'un microbe qui circule à l'école !
QUOI???

Bien essayé, chers détectives… mais c'est impossible !
Vous étiez en vacances !
Ah oui, ce n'est pas faux…

Le lendemain…
Oh mon pauvre Tobi, tu n'as toujours rien mangé !
TOBI

Hum… Un Tobi qui n'a pas faim, ça n'existe pas !

Papa, Tobi est vraiment malade !
C'est plus grave que je ne le pensais. Je prends rendez-vous chez la vétérinaire.

Mercredi, chez la vétérinaire.
Bonjour Noé ! Que fais-tu là ?
Je m'occupe de Ninja.

Sa truffe est chaude… Son ventre est gonflé…

Tobi, tu as mangé quelque chose qui t'a rendu malade !
Comme notre tortue !
Comme c'est étrange… Un chien et une tortue ne mangent pourtant pas la même chose…

De retour à la maison…
Alors ? Tobi a été empoisonné ?

Mais non les enfants ! Il a juste mangé quelque chose de mauvais pour lui.
Mais madame Delatortue ne sait pas ce que ça peut être.

Et si c'était le marchand de croquettes ?
Mais oui, bien sûr ! Les animaux sont tombés malades à cause de la nourriture périmée ! Vite, il faut prévenir les copains !

...Vérifie la date sur la boîte.
D'accord ! À demain.

Le lendemain midi, à la cantine.
Alors ?
On a regardé : la date sur la boîte était encore bonne.
Pareil ! Le paquet de graines n'était pas périmé.
Tout est normal chez nous aussi !

Le marchand de croquettes n'est donc pas coupable!
Mais qui peut avoir intérêt à ce que nos animaux soient malades?

Pourquoi vous me regardez tous comme ça ?

Ta maman est vétérinaire! Tout le monde est au courant!
Mais vous savez bien que ma tortue aussi est malade!

Euh… si on changeait de sujet ? À propos de mousse au chocolat, vous savez ce qu'il m'est arrivé ?

La semaine dernière, ma maman a préparé de la mousse au chocolat…

...et, sans faire exprès, elle a éclaboussé Titi!
On aurait dit un oiseau-léopard au chocolat!
HA HA HA!
Julie! Ça y est! J'ai compris!

Tu as compris quoi ? L'histoire de Léo ?
Non, j'ai compris pourquoi Titi est malade.
Ah bon ???
C'est évident ! Titi était tout sale...
...Alors il a nettoyé ses plumes.

Ça c'est vrai, Titi est très propre, il fait toujours sa toilette.
Mais oui ! Et il a léché le chocolat.
Ça ne doit pas être très bon pour les oiseaux.
Ni pour les autres animaux...

Oh là là, ça me rappelle mon petit déjeuner...
L'autre jour, je n'avais plus faim alors j'ai laissé mon bol sur la table.
Quand je suis revenu dix minutes après, Malo était en train de laper mon lait.

Je m'en souviens bien
parce qu'il a tout renversé.

Et dans mon bol, il y avait
du... CHOCOLAT !

Mais alors, peut-être que…
…quand papa mange du chocolat le soir devant la télé…
…avec Minus sur ses genoux…
…et qu'un morceau tombe…

...c'est Minus
qui le croque !

Et Minus est tombé malade
à cause du... CHOCOLAT !

Mais oui ! Je comprends tout maintenant !

Le jour de Pâques, j'étais dans le jardin et je cherchais les œufs...

J'ai trouvé ça bizarre : il y avait un papier vide. L'œuf avait disparu !

Ton lapin avait tout grignoté !

Oh! Oh! Je crois que Ninja a fait la même blague que ton lapin Turalo!

Moi aussi j'ai trouvé des papiers vides dans le jardin le jour de Pâques...

Et je suis certain que Ninja était dans le jardin.
Puisque je l'ai ramassée en croyant que c'était un œuf!
Ah ah ah!

Bubulle, lui, n'est pas sorti de son bocal pour manger nos chocolats de Pâques.

On les a partagés pour le goûter.
Ah, oui! il faisait chaud et ça fondait dans nos mains.

Après on a nourri Bubulle avec ses flocons.
C'était drôle, ils restaient collés sur nos doigts…

…à cause du CHO-CO-LAT !

Super! Je vais pouvoir dire à maman que le mystère est résolu!
Euh… Pas tout à fait!

Tobi n'a pas mangé de chocolat à Pâques…
…ni croqué de morceaux sur les genoux de Papa…

...ni lapé dans le bol du petit déjeuner...
...et encore moins léché ses plumes !

Réfléchissez ! Vous allez bien finir par trouver ce qu'il a mangé.

Le soir même…
Julie, j'ai imprimé les photos de ton anniversaire !

Super ! Je peux les coller sur le mur de ma chambre ?

Cette fête était vraiment chouette!
Ah! Ah! Ah! J'ai une drôle de tête!
Papa, maman! Regardez cette photo...

Quoi ?
Où ça ?
Mais là !
Tobi ! Regardez Tobi !
Fais voir !

Oh! Tobi!
Pourquoi n'y ai-je pas pensé avant?
Pourtant c'était facile à deviner...
Tu es si gourmand!
OUAF!

Chez madame Delatortue, tout le monde a rendez-vous pour une visite de contrôle...
TOUTOU
EurêKa ! On a trouvé ! On a même la preuve !
Vous voyez, Tobi a lui aussi mangé du...
...CHO-CO-LAT !

VÉTÉRINAIRE

Achevé d'imprimer en Juin 2021 en Espagne par Unigraf - Dépôt légal : Avril 2019 - Édition 05 - 72/1516/1